Leonora Zea

Antierótica

Kreko Producción

Titulo original: Antierótica
Editor original: Editorial DIBARNI SAS de CV, México

Copyright ©2020 by Leonora Montejano Zea
© 2021 by Editoral DIBARNI SAS de CV, México
© Cerrada de Otavalo 208. C.P.: 07739 Ciudad de México
  www.krekoproducción.com.mx

ISBN: 978-607-99378-0-5

Ilustración y portada: Enrique Ruiz
Ilustracciones interior: Leonora Montejano Zea
Impreso por: Imagrafic, Artes Graficas
    Cerrada de Otavalo 208 int. Genova 201
    Col. Planetario Lindavista C.P.: 07739
    Ciudad de México, México.

Impreso en México

A mis padres por siempre creer en mí.

A ti, por ser mi roca, y mis alas, por
hacerme sentir, soñar y creer

A mis amigos por estar desde el principio
y llegar conmigo hasta el final.

Prólogo

Cuando Leonora me envió *Antierótica* a mi correo electrónico, el simple título despertó mi curiosidad.

"¿Anti-erótica?" me pregunté. ¿Puede algo "matar" a Eros?

Matarlo, no. Enterrarlo, sí, pensé.

No nos es extraño reconocer lo mucho que aún se desconoce sobre la erótica, la mala fama que le han hecho y lo distorsionado de este concepto enterrado y negado a lo largo de la historia. Hay muchas cosas que entierran a Eros. Las religiones, las creencias, la educación castrante que culmina con el sepulturero estelar: el miedo. Provocando miedo, es fácil controlar y manipular. Y así han hecho con nuestra sexualidad. Con nuestras sexualidades.

Nos han hecho creer *lo que no es,* nos han construido una imagen distorsionada y por ello no tenemos una buena relación con ella.

Sexualidad y Erotismo son dos conceptos distintos, pero ambos son parte de "este todo" que somos cada uno.

"Llegar a ese lugar, justo ahí, donde Eros nos da miedo…"

Decía mi director del máster en sexología. Ahí, justo ahí donde eso que deseo, que me atrae, que me seduce, me da miedo, porque siento culpa. Culpa de que algo considerado "anormal", "inmoral", "retorcido", "pecaminoso", "denigrante", despierte mi deseo y provoque mi excitación, llevándome al encuentro con el placer. Ese placer que busco, por el simple hecho de ser sexuado, y que ha sido mal comprendido, mal interpretado, mal señalado a lo largo de la historia.

¿Sentir placer por algo así? ¡Dios mío! ¿Qué pasa conmigo? ¿Estaré enfermo?

Antierótica, es un reencuentro con ese espacio al que nos pueden llevar las alas de Eros, y al que no vamos porque nos da miedo. *Antierótica* es abrirle la jaula a ese diosecillo que tanto tiene por enseñarnos, por mostrarnos, más allá de prejuicios y mojigaterías.

Recomiendo al lector, permitirse adentrarse en sus líneas, libre de prejuicios. Dispuesto a explorar cada relato, que esconde una pequeña muestra del vasto universo que es ese gran recurso con el que contamos los humanos: la fantasía.

El mundo del imaginario está ahí para dar rienda suelta a los deseos sin temores y sin culpas. Un mundo, además, donde se manifiestan con libertad todas las peculiaridades eróticas que son posibles en los seres humanos, aún aquellas que irrumpen la ley, y violentan los derechos de otros. Porque ese es su mundo, ahí es a donde pertenecen, al imaginario. Y en el imaginario, todo tiene cabida. En el imaginario todo es legal. Todo es posible. En el imaginario, *Antierótica*, se convierte, en erotismo puro. Y la forma en la que su autora ha podido plasmar eso, me ha fascinado.

Eugenia Flo.
Sexóloga Sustantiva.

Leonora Zea

Metrofilia

Cristina respiró profundamente mientras miraba su armario. A pesar de recién haberse bañado, sintió cómo el sudor empezaba a recorrer sus manos. El estómago le dolía, su corazón se aceleraba. Después de probarse varios vestidos que terminaron amontonados sobre la cama o tirados sobre el piso, se decidió por el vestido azul de tirantes que realzaba su busto y embellecía sus piernas.

Salió un tanto apurada de su casa, no sin antes darle un beso de despedida a su hermana menor, quien por fin se había logrado dormir tras haber llorado toda la noche en brazos de su mamá.

Después de caminar un par de cuadras hasta el metro soportando todas las miradas lascivas y alguno que otro chiflido, Cristina se detuvo antes de bajar los escalones, reflexionando sobre si valdría la pena o sólo sería una humillación más. Cerró los ojos, trató de inhalar y exhalar como le había enseñado su madre años atrás, pero en esta ocasión, la calma y la paz que tendrían que haber llegado a su mente fueron desplazadas por compasión, enojo, frustración e impotencia: la impotencia de pensar, de sentir que todas las marchas, todas las manifestaciones, las pintas y las estatuas rotas de las cuales había sido partícipe no habían servido para nada.

No para Angie.

Bajó al andén con el dolor de estómago de las enamoradas. Su respiración se volvió a agitar y, antes de que una lágrima cayera sobre su mejilla, Cristina vio el convoy anaranjado frente a ella. Las puertas se abrieron, el bip incómodo sonó y dio un paso hacia el frente, paso que enseguida retractó mientras respiraba agitadamente. Las puertas se cerraron, el bip desapareció. Ella siguió de pie frente a los rieles ahora vacíos, mientras sentía la tela del vestido arrugándose entre sus manos sudorosas.

Volvió a respirar lo más profundo que pudo y revisó rápidamente su maquillaje a través del espejo de mano. Antes de que pudiera hacer otra cosa, el bip incómodo volvió a sonar y en esta ocasión fue partícipe de los empujones para poder subir.

Luchando contra el impulso acostumbrado de correr hacia el primer asiento vacío, Cristina se quedó de pie, recargada en la puerta contraria, viendo, analizando a sus compañeros de viaje. Tenía que ser precavida, no podía cometer error alguno. Si elegía mal, podía terminar en el ministerio público con cargos de abuso de menores o, por el contrario, como una víctima más, llorando en brazos de su mamá como lo había hecho Angélica el día anterior. Y todo habría sido en vano. No podía fallar. Él tenía que pagar.

Cuando volvió a la realidad, el metro ya había avanzado un par de estaciones y algunos de los pasajeros habían sido sustituidos por otros nuevos.

Empezó de nuevo el análisis. El primer hombre en el

que se fijó aparentaba unos cincuenta, gordo y con calvicie. No. Un joven alto y delgado con acné. No. Si realmente iba a hacerlo, tenía que ser alguien que, por lo menos, no le causara tanta repulsión. Un hombre de alrededor de veinte se paró junto a ella. «Ahora sí te tengo» pensó Cristina colocándose delante de él como quien está por bajar en una estación próxima, mientras arrugaba el borde inferior del vestido entre su puño sudoroso. Aprovechando el movimiento inestable del tren y los constantes empujones de las personas en cada estación, se fue haciendo un poco, sólo un poco más hacia atrás. Lo pisó "por accidente", y se disculpó con un gesto tímido. Antes de volver hacia adelante recordó sin mucho esfuerzo la falda escolar desalineada de Angie, su voz quebrada, el terror en su cara. Se pegó un poco más hacia el extraño que hacía unos segundos le había devuelto una expresión coqueta.

El metro frenó. Cristina, ya sin pensarlo, se dejó caer hacia atrás y aunque nuevamente se disculpó con una sonrisa más sugerente y menos tímida, esta vez no se adelantó. Al principio sintió un ligero empujón sobre los hombros, pero hizo caso omiso y fue empujando poco a poco su cadera contra el que sería su primera víctima.

Sólo hicieron falta un par de minúsculos movimientos circulares con la cadera recargada sobre los jeans para empezar a sentir un bulto presionando contra sus piernas y convertir el empujón de hombros en un agarre firme y tenso sobre sus brazos. Ella siguió jugando, empujando su cadera contra la pelvis. No tardó en sentir unas manos grandes y sudorosas sujetar sus caderas para moverla con mayor intensidad.

La mano de Cristina, todavía sujetando el vestido, se movió hacia atrás buscando, tanteando el miembro que empezaba a presionar contra su pierna. Los dedos de aquel desconocido que sujetaba sus ingles se deslizaron un poco más hacia abajo, levantando lentamente y con cuidado su vestido. Al sentir el calor y el sudor de una mano sobre su pierna, Cristina quiso quitarse y salir corriendo de ahí, pero Angie volvió a su mente. La vio de pie frente a ella con su falda verde y su blusa blanca, la vio tratando de quitarse, de alejarse de "él", que sin pena ni vergüenza la acariciaba por debajo de la falda, robándole la inocencia, la dignidad, el placer. La vio llorando aterrada mientras los demás, cómplices, sólo murmuraban a su alrededor…

La mano que antes acariciaba su muslo y que ahora jugaba sobre su ropa interior la devolvió al presente.

—Angie…— susurró mientras presionaba con más fuerza el miembro endurecido que seguía empujando contra su nalga. Miró rápidamente a su alrededor, pero no había de qué preocuparse: si no habían hecho nada por una niña de trece años con uniforme escolar, mucho menos harían algo por una joven con vestido.

Tanteó entre las piernas la cremallera del pantalón y sin mucho esfuerzo la bajó. Sintió a su espalda la respiración exaltada del hombre, mientras empezaba a apretar el pene hacia adelante y hacia atrás. El hombre apresó la mano de Cristina para guiarla bajo lo que quedaba de la ropa.

Ella volvió a sentir el hormigueo en el estómago, un nudo en la garganta ahogó sus ganas de gritar: una cosa era sentir y jugar con el falo de aquel desconocido con la protección de la ropa y otra muy diferente sentir la humedad viscosa entre sus dedos. Con el corazón acelerado y los dedos ajenos entre sus piernas, entre su pantimedia, en su clítoris, apretó al ritmo que él marcaba entre su vestido el miembro duro, caliente, extasiado. Sintió un líquido pegajoso resbalar sobre su mano.

Se limpió el semen en la parte trasera del vestido, y justo antes de que el bip incómodo comenzara a sonar, Cristina gritó. Gritó con todas las fuerzas que tenía. Gritó todo lo que Angie no pudo gritar. Las miradas se apartaron de los celulares y la voltearon a ver. Ella empezó a llorar. Las puertas se abrieron. Ella salió del vagón, alguien más jaló al joven. La policía llegó. Él aún tenía el pantalón abierto; ella tenía el vestido lleno de semen.

Una mujer la consolaba; los policías lo cateaban. No encontraron ni su cartera ni su celular. Los oficiales se lo llevaron. Lo había hecho pagar. No importaba la edad, la piel o la estatura. Todos eran iguales, todos eran "él". Ella, con el maquillaje corrido mientras sonreía, admiraba el dinero dentro de la cartera y el celular que jamás le habría podido comprar a Angie. Llegó a su casa feliz.

—No te preocupes, enana. Yo haré que él pague, que todos paguen.— Le susurró al oído a Angie mientras le entregaba un celular nuevo.

Cristina se encerró en su cuarto. Olió su mano y comenzó a tocarse mientras imaginaba a aquel desconocido recorriendo su cuerpo, apretando sus ingles, masturbándola, acariciándola furtivamente mientras ambos se dejaban llevar por el vaivén del metro.

Esa venganza, su pequeña venganza sería mucho más placentera de lo que cualquiera habría llegado a imaginar.

Leonora Zea

Nancy en la noche

Escucho una voz, cada vez más lejana, me siento cansado, sólo quiero dormir y sin darme cuenta empiezo a hablar:

»Es hora de dormir y mis papás todavía no llegan. Nancy me ayuda a ponerme la pijama. Me cobija en la cama, apaga la luz, me dice «buenas noches» y cierra la puerta.

»Cierro los ojos y trato de no voltear al armario, a veces todavía siento que algo saldrá de ahí, así que mejor me doy la vuelta para tratar de dormir.

»Me despierto, no sé cuánto tiempo dormí, veo el reloj del Hombre Araña y me doy cuenta de que apenas ha pasado una hora desde que Nancy cerró la puerta. Supongo que mis papás no han llegado.

»Intento dormir otra vez, pero lo único que hago es

dar vueltas sobre mi cama, las sábanas me han atrapado, tengo que dar un par de patadas para zafarme de ellas. Me quedo mirando el techo y las caras de los monstruos vuelven a aparecer. Decido pararme para que Nancy me dé un vaso de leche o me lea un cuento, me gusta su voz. Sé que sigue despierta porque la luz del pasillo se ve por abajo de la puerta.

»Salgo del cuarto y noto que la luz prendida no es la del pasillo, es la del cuarto de mis papás, pero la puerta está cerrada. Escucho ruidos dentro del cuarto. Primero pienso que el monstruo se ha metido en el cuarto de mis papás. No, eso no puede ser porque los monstruos no existen» me repito. Tal vez se trate de un ladrón, pero no suena como que esté buscando algo, son ruidos extraños que no sé cómo describir, parece un quejido. Me pego a la puerta para escuchar mejor, se abre poquito.

»Me asomo por el pequeño espacio. Veo a Nancy, no está sola. Alguien la abraza pero no puedo ver quién es. Ella está callada. Unas manos grandes levantan su falda y logro ver parte de su pierna. Esas manos grandes recorren sus piernas y tocan su cosa. Ella no se separa de él. Sé que debo volver a mi cama pero no puedo y sigo mirando. Mi respiración se acelera, trato de controlarme para que no noten que estoy ahí. Veo la falda de mi hermana caer al piso. Veo que la sigue tocando donde mamá dice que no hay que tocar a las niñas, que es de mala educación. Pero Nancy no se defiende, se queda quieta, tengo ganas de entrar y decirle que la voy a acusar con mamá, pero no me puedo mover, sigo mirando. Nancy está casi sin ropa. No entiendo qué pasa pero quiero seguir viendo. Los dos están desnudos. Él la carga como me carga mamá cuando estoy cansado, la avienta en la cama, él se deja caer sobre ella. Tal vez están jugando a la lucha libre.

»Se tapan con las sábanas. Apagan la luz y sólo puedo ver el movimiento de las sábanas. Me dan ganas de llorar, pero no lo hago. Si Nancy se entera que lloré me molestará, y seguro les dirá a mis amigos que lloré como una niñita.

»Nancy hace ruidos raros, no sé si son de felicidad o de tristeza. Las sábanas se mueven aún más, como si tuvieran vida propia, creo que siguen jugando. Algo sale de entre las sábanas. ¡El monstruo está en la cama de mamá! Está de espaldas, pero logro ver que tiene dos cabezas y cuatro patas. Hace ruidos extraños, jadea como si se estuviera muriendo, se mueve.

»¡No veo a Nancy! ¡Tal vez el monstruo se la comió! ¡Seguro que el señor con el que estaba era un extraterrestre y se comió a mi hermana! Quiero hacer algo, quiero gritar pero no quiero que el monstruo me vea, sigo paralizado.

»El monstruo se vuelve a acostar, se separa. ¿Vuelven a ser dos? Vuelvo a escuchar la voz de Nancy. No entiendo. Veo que alguien se levanta. Prenden la luz del cuarto. Nancy recoge su ropa del piso. Miro a la cama. Papá está acostado, el monstruo desapareció.

»Nancy está otra vez vestida, pero me gustó verla así, sin nada. Papá también se levantó de la cama, su cosa creció. Miro el mío, sigue del mismo tamaño. Vuelvo a mi cuarto lo más rápido que puedo, no quiero que nadie vea que desperté. Cierro la puerta y me meto entre las sábanas, mi respiración es fuerte, agitada, ya no la puedo controlar. Minutos después escucho que alguien abre y cierra la puerta.

Un sonido me devuelve, me cuesta un poco de trabajo recordar en dónde estoy, miro a mi alrededor, una carpa, luces, mucha gente, todos me miran.

De golpe recuerdo: Fer, mi sobrina, hoy cumple cinco años. Quiso venir al circo. Fui voluntario para ser hipnotizado. Todos me miran fijamente, algunos también miran a Nancy. Está llorando, hay odio entre sus lágrimas. Le tapó los oídos a Fer. No recuerdo qué dije. Me levanto despacio, todos me siguen con la mirada, los celulares apuntan hacia mí. Salgo de ahí. Sé que Nancy no tardará en seguirme.

XXX.com

Cuando Luis llegó a su casa, las voces y las risas seguían en su cabeza. La pregunta de por qué no lo había hecho pasó a segundo plano en cuanto percibió que entre quienes lo señalaban se encontraba Pao.

Sin hacer caso del saludo cotidiano de su madre, Luis se encerró en su habitación, puso música a todo volumen y se tumbó en la cama. Esperó un par de segundos a que las voces se acallaran, pero en vez de eso las risas del recuerdo eran más fuertes, más ruidosas. Y la mirada de Pao: esos ojos grandes y expresivos que no dejaban de verlo, acompañados por una sonrisa que, aunque tímida, él sabía estaba llena de lástima.

«Si quieres un hombre, un hombre es lo que tendrás» pensó Luis para sí mismo mientras se armaba de valor frente a la pantalla de la computadora. El navegador no tardó en aparecer y Luis dejó escapar un suspiro mientras miraba de reojo la puerta de su cuarto.

Empezó a teclear las primeras letras. "v-i-d-e-o-s" espacio "p-o...". Borrar. Borrar. Borrar.

Suspiró de nuevo. Imaginó a su mamá entrando al cuarto, ver sus ojos claros llenos de ira mientras su piel blanca se ponía roja al descubrirlo mirando cosas indecentes. Si alguien lo llegase a atrapar preferiría que fuera su padre. Al menos él lo entendería mejor.

Repasó de nuevo los pros y los contras.

Pros: Ser el hombre que Pao se merecía, dejar de ser la burla del salón, y tal vez hasta lo disfrutaría. Contras: Pase directo al infierno. Ser descubierto. Virus en la computadora.

Pensó de nuevo en Pao, en sus ojos, en sus labios, en lo bien que se le veía el uniforme, en la playera blanca un poco desabotonada, en la suavidad de su piel. Imaginó sus senos apenas desarrollados, sus piernas, su vientre, su vagina... Empezó a sentir una erección. Cerró los ojos tratando de imaginarse recorriendo el cuerpo de aquella chica de ojos negros, cómo se veía sin uniforme, sin ropa... excitada... riendo. Riendo, riendo, señalándolo... Las burlas volvieron a él.

Estaba decidido. No tenía nada que perder. Era prácticamente imposible que lo descubrieran. Tenía un buen antivirus y sobre el infierno... Bueno, tal vez con un par de "padres nuestros" estaría en paz con Dios. Volvió a suspirar. «Va por ti, Pao» murmuró mientras volvía a teclear.

No le preguntaron su edad, ni si estaba seguro de querer ingresar a aquella página azul brillante.

Mil videos aparecieron frente a él. Ahora sólo tenía que dar un clic y las burlas y las risas desaparecerían para siempre. Un clic y dejaría de ser el chico que no ha visto porno. Un clic, un solo clic era lo que necesitaba. Su respiración se agitó. Miró nerviosamente una vez más hacia la puerta y los gemidos empezaron a sonar.

El primer video duró apenas unos escasos minutos

que más que placenteros fueron vulgares. Hasta él se había dado cuenta del orgasmo fingido, del cuerpo femenino falso, y se negó a creer que las relaciones sexuales fueran así. Que Pao pudiera ser así. No. El quería ver algo genuino, algo real o natural. Quería ver cómo podría ser Pao sin ropa.

Teenager. Otro vídeo sin que le provocara una erección. No podía entender por qué Iván y Paco se obsesionaban con eso. Ninguna de esas chicas era lo que él quería, ni lo que deseaba. Ninguna de ellas era Pao.

«Un último intento» pensó mientras releía el menú. *Amateurs.* Tal vez eso era lo suyo. Algo más natural, casero, genuino. Algo que le permitiera alucinar con el cuerpo desuniformado.

CLIC. Una espalda morena, fuerte y ancha la tiró sobre la cama sin cuidado ni tacto. Le arrancó la blusa, la falda. Acarició los pechos, para después introducir sus dedos en la vagina. Ella sonreía, lo disfrutaba.

Ella le bajó los pantalones mientras se arrodillaba, y al ver el miembro de él dentro de la boca pintada de rojo, Luis empezó a sentir la dureza, la excitación que se suponía tenía que tener. Cerró los ojos y poco a poco fue abriendo la boca al ritmo de los sonidos provenientes de la pantalla, imaginado el miembro dentro de su boca... Espantado de sí mismo, abrió los ojos y volvió a centrar su atención en el cuerpo desnudo de aquella mujer morena, ignorando por completo aquella fantasía equivocada.

El hombre la levantó, la volvió a tirar sobre la cama y la penetró. Primero fue poco y despacio hasta alcanzar un ritmo duro, fuerte y agitado.

Luis empezó a tocarse mientras observaba con ojos grandes y atentos cómo el hombre del video metía y sacaba el miembro duro de aquella vagina morena perfectamente depilada. Se imaginó a sí mismo en aquella cama, las manos del hombre lo acariciaban. Olía y saboreaba el sudor de una piel masculina ajena a él.

No.

Imaginó a Pao tirada sobre la cama, sudando,

gimiendo y sonriendo de placer mientras él mordisqueaba su pecho y hundía sus dedos en su sexo húmedo. Imaginó las manos pequeñas y pálidas de Pao acariciando, apretando su pene. Las manos blancas y pequeñas se transformaron en las manos grandes y morenas del hombre. La suavidad se había convertido en firmeza. Se obligó a volver a pensar en Pao gimiendo, excitada, viniéndose.

Las manos fuertes y el gemido grave volvieron a él. Esas manos masculinas y experimentadas le daban placer cada vez más rápido, más intenso, más... Luis se detuvo espantado. No. No podía estar pasando eso. Simplemente no podía ser. No. Estaba enamorado de Pao, de la chica más deseada de la escuela. Se había masturbado un sinfín de veces pensando en ella, en una chica. No. Tal vez en esta ocasión sólo se había confundido un poco.

Volvió al vídeo. Ella estaba en cuatro. El hombre la penetraba con un ritmo y una fuerza diferente. Su espalda morena, fuerte y ancha sudaba mientras la cadera se movía en un vaivén.

Luis se dejó llevar por el ritmo de esa cadera sin curvas. Se olvidó de los pechos y de la vagina de Pao. Su mente no dejaba de pensar en esa espalda ancha, fuerte y sudada, en el miembro duro y erecto entrando y saliendo, en las manos grandes de ese desconocido recorriendo su cuerpo hasta llegar a presionar su miembro. Imaginó los gemidos graves en su oído, sentir un cuerpo firme y grande sobre él, manos morenas y fuertes que dictaban el ritmo de sus caderas. Manos fuertes presionando hacia arriba y hacia abajo, abajo y arriba, más fuerte, más rápido, más, más, más... Terminó.

Espantado, Luis buscó algo con qué limpiarse. A pesar de no ser la primera vez que se masturbaba, era la primera vez que sentía esa explosión, esas ganas de ser tocado, besado... ¿penetrado? No, no y no. Él no era... No podía ser... Ni siquiera quería pensar en esa palabra. Eso era pecado. Antinatural. No. A él le gustaban las chicas, le gustaba Pao, como Dios manda, o ¿no?

—¡Luis, ven a poner la mesa!

La voz de su mamá lo devolvió a la realidad.

Sin entender qué había pasado, Luis volvió a mirar la pantalla.

El torso masculino ahora caminaba frente a la cámara.

—¡Luis!

El cuerpo que tanto lo había excitado por fin tenía un rostro.

—¡Luis, apúrate que tu padre vino a comer!

Luis bajó al comedor sudando y temblando. Ese dorso, esas manos y ese rostro ahora lo esperaban para comer.

Susurros

—Voy a soltarte para que te voltees— le susurró Antonio al oído con la excitación escapándosele de los labios.

Aquellas palabras, aquella voz, aquella respiración agitada y sudorosa, calaron no sólo en el oído de Pamela. El miedo, la angustia y la desesperación corrieron por sus venas, sus recuerdos, su corazón. Gritó y forcejeó y pateó tan fuerte como las esposas y el peso de Antonio se lo permitieron, pero el verdadero pavor lo sintió al notar las jeringas llenas de sangre y, en su brazo, las marcas de agujas.

El tiempo se detuvo, se volvió irreal: mientras Pamela, temblorosa, lloraba y gritaba pidiendo ayuda, Antonio buscaba desesperadamente la llave de las esposas, mientras intentaba calmarla con palabras que ella, en medio de la agitación y la desesperación, no logró escuchar.

Alguien llamó a la puerta. Antonio emblanqueció, el mundo ante sus ojos se dilató y un sudor frío recorrió su espalda. Pamela gritó aún más fuerte. Abrieron la puerta.

Cubrieron a Pamela con las sábanas de la cama, la liberaron. A Antonio, después de medio vestirse, lo sometieron entre golpes e insultos. La policía llegó a la tercera taza de té de Pamela, mientras Antonio esperaba, amarrado en el cuarto de seguridad.

—¿Te puedo llamar Pamela?— preguntó el oficial Sánchez mientras daba sorbos a una taza de café. Pamela, con la cara demacrada y los ojos hinchados asintió con un ligero movimiento de cabeza.—¿Quieres que te traigan algo, un café, un cigarro?

—No gracias, no me gusta el café y tampoco fumo— dijo con voz cansada.

Entretanto, el oficial Pérez miraba con malicia a Antonio.

—Ahora sí valiste verga, cabrón— dijo con una sonrisa el oficial Pérez.

—Yo no hice nada malo, ella me lo pidió— contestó Antonio, confundido.

—Entonces, Pamela, cuéntame lo que pasó. Sé que es difícil, pero sólo queremos ayudarte…

—Andrea nunca llegó al bar pero no le tomé importancia. Me senté en la barra. Pedí un par de cervezas. Fue una semana pesada, ya sabe. Sólo quería relajarme un poco, escuchar música, una cerveza, algo de botana… y lo sentí mirándome desde su mesa, estaba con dos amigos. Me pareció atractivo, tal vez le sonreí un poco, creo, pero volví a la plática con el barman, era simpático. Después, recuerdo que se me acercó, me pidió permiso para sentarse a mi lado, me invitó otra cerveza. Nos pusimos a platicar de cosas sin importancia, ya sabe… Música, el clima…. Creo que bebimos un par de cervezas…

—A ver, cabrón, según tú, qué fue lo que pasó…

—No es según… Esto fue lo que pasó: Chris, Juan y yo estábamos en el bar, y, honestamente, no tenía ganas de estar ahí: estaba cansado y sólo quería llegar a mi casa a dormir, pero Chris insistió y de repente la vi, sentada en el bar, platicando y riendo con el barman. Pensé que era una chica linda. Me gustó cómo reía a carcajadas, pensé que era alguien que podría llegar a gustarme, una chica sencilla, sin mucho maquillaje, jeans, una camisa simple, cosas que indican que no es de esas mujeres que buscan llamar la atención a toda costa. Ella me devolvió la mirada acompañada de una sonrisa linda. Chris y Juan lo notaron y… digamos que me convencieron de ir a hablar con ella. Le invité un par de cervezas, platicamos, reímos y cuando acaricié su espalda… Ay, Dios, juro que sólo le acaricié la espalda y… algo… No sé… algo cambió.

—Mientras bebíamos, empecé a sentir que algo estaba cambiando, ¿sabe? Su mirada que se dirigía hacia ciertas partes de mi cuerpo, cada vez más cerca de mí, empezó a tocarme la pierna y a susurrarme cosas al oído— continuó Pamela mientras se secaba una lágrima con la manga de la sudadera.

—Fueron pequeños detalles. Primero se soltó el pelo, nada con importancia, después sacó un cigarro, no la había visto fumar en toda la noche. Se paró para ir al baño y regresó como si fuera otra persona totalmente diferente. Se había cambiado la ropa. Traía una faldita como para enloquecer a cualquiera, la blusa estaba desabotonada dejando entrever su sostén, pero nada más sexy y excitante que su modo de moverse y caminar, tan segura de sí misma. Es como si la ternura que me había gustado se hubiese convertido en esta sensualidad que… ¡Ay, Dios, cómo resistirse a eso! Cuando me acerqué de nuevo a ella, pareció no reconocerme. Le pregunté si todo estaba bien y se volvió a presentar pero se había cambiado el nombre. Antes, minutos antes, me había dicho que se llama Pamela y ahora se llamaba Lucy. En ese instante pensé que todo era un juego, de esos que fingen ser otras personas, así que le seguí la corriente y también me cambié el nombre. Le dije que me llamaba Adrián y no sé… De repente nos estábamos besando, con esos besos que se sienten hasta abajo. Le insinué… No, no lo insinué porque quería dejar las cosas bien en claro: le pregunté si quería ir a un lugar más privado y aceptó.

—Él me ofreció ir a otro lado. Le agradecí las cervezas pero le dije que no quería nada más. Insistió en que me quedara otro rato. «Un par de cervezas más, ándale», me dijo mientras me acariciaba la espalda.

—Nos subimos a mi coche para buscar un hotel o algo donde poder pasar la noche— continuó Antonio intentando mantener la calma. —Recuerdo que le pregunté si era mayor de edad y, después de asentir riendo, me preguntó si no era un pervertido psicópata. Antes de llegar aquí, me pidió parar en una farmacia. Supuse que le preocupaba que no tuviera condones y le insinué… No, no le insinué, le dije que traía condones en la cartera y ella sólo me guiñó el ojo antes de bajarse. Cuando regresó, me preguntó con voz traviesa si me gustaban los juegos.

—Entramos al cuarto como dos enamorados. Entre besos impacientes y caricias desesperadas le quité la ropa, ella me la quitó a mí, pero cuando iba a quitarle la tanga y el sostén, me detuvo y yo paré… Jamás haría algo sin consentimiento. Y de nuevo, con voz juguetona, me dijo que era hora de jugar. Me tiré en la cama para observarla caminar hacia su bolsa. No le voy a mentir: sentí la excitación recorrer todo mi cuerpo al verla caminar hacia mí con unas esposas y recuerdo haber pensado «ay Dios, que sean para ella y no para mí» aunque debo confesar que con ese cuerpo y esos movimientos podría habérmelo pedido y sin dudar habría aceptado. No, no podría; lo hice. Hice todo lo que me pidió.

—Salí del bar, él me acompañó a esperar un taxi. Me sentí tranquila al ver que había más gente a mi alrededor y por suerte el taxi no tardó en llegar. Me despidió con un beso en la boca, y me subí al taxi…

—Yo seguía acostado en la cama y Lucy, consciente de cada movimiento que hacía para enloquecerme, fue avanzando hasta donde yo estaba. Ella encima de mí, me susurró al oído que debía seguir todas sus instrucciones, mientras me acariciaba por debajo de los bóxers. Simplemente no había modo de resistirse. Así que le dije que sí mientras le desabrochaba el brassiere, disfrutando del movimiento de sus manos. Ay, Dios, no sabe cómo la deseaba.

»Ella empezó a acariciarme con movimientos suaves arriba y abajo. Yo sólo quería tumbarla sobre la cama, morderla, acariciarla, hacerla mía aunque fuera por una noche, cuando me susurró al oído que la esposara. Sin esfuerzo alguno la tiré sobre la cama y me puse sobre ella. La esposé y dejé que mis manos se fundieran en su piel, sintiendo cada milímetro de ese cuerpo nuevo para mí: sus senos, su vientre, sus muslos, la humedad que empezaba a emanar de su vagina. Besé sus piernas, sus rodillas sus muslos. Le quité la tanga y probé sus olores, su humedad.

»Lucy empezaba a excitarse, y justo cuando iba a… continuar, me detuvo. Recargué mi cabeza entre su pecho y solté un suspiro de frustración. Ya le dije y lo vuelvo a repetir, jamás haría algo que ella no quisiera. Y deseé, con todo mi corazón, que no fuera una de esas mujeres que disfrutan con el sufrimiento de los hombres. En ese momento me pidió que sacara lo que había comprado en la farmacia.

»Al principio pensé que todo se trataba de una broma. Debí de salir corriendo del cuarto en cuanto abrí esa bolsa, pero ella, una vez más, logró convencerme.

»Saqué las jeringas más grandes que haya visto en mi vida, parecían de película de terror. Me pidió que me pusiera los guantes azules. Y después… Ay, Dios, ¿en qué estaba pensando?... Después me pidió que le sacara sangre.

—Me subí al taxi, aliviada de haberme alejado de él. Le di las indicaciones al taxista y me quedé dormida. En verdad estaba muy cansada, ¿sabe?

—Al principio me negué, pensé que era una broma o algo así, pero Lucy, aún amarrada a la cama sabía cómo moverse, cómo sonreír para que quisiera más de ella. Recuerdo cómo me dijo con su voz traviesa, casi con un susurro, que eso la excitaba. Las jeringas eran nuevas, ella sabía la cantidad de sangre que le podía sacar y lo más importante es que ella era la que estaba amarrada. ¿Qué era lo peor que podía pasar?

»Verla atada a la cama, arqueando la espalda para resaltar aún más sus senos erectos… Simplemente no pude resistirme. Además, si ella lo disfrutaba, ¿qué mas daba? No creí que algo pudiera salir mal.

»Tomé la jeringa y la pasé por su cuerpo, ella disfrutaba del contacto con la aguja fría. Le solté un brazo. Volví a recorrer su cuerpo con mi boca y ella, con los ojos cerrados, me pidió que empezara.

»Lucy me dejó jugar entre su intimidad mientras la jeringa se iba tornando roja. Con cada milímetro rojo, ella se humedecía, gemía un poco más. Su piel sudorosa temblaba mientras yo sentía cómo sus muslos, sus senos, su cuerpo entero se estremecía, sudaba entre mis manos. Nada me había dado tanto placer como verla, sentirla disfrutar de ese modo. La jeringa se llenó, y ella, entre susurros y suspiros llenos de placer, me suplicó que lo hiciera de nuevo.

»A la tercera o cuarta jeringa, se dejó ser mía. Entre sábanas y cuerpos enredados, entre sangre y humedad, me pidió cambiar la jeringa, una vez más. Creí que era un buen momento para cambiar de posición. Se lo dije al oído, se lo susurré, le dije que la iba a soltar para moverla, para voltearla. Ella de la nada, empezó a gritar. Le pregunté si estaba bien, si la había lastimado o algo, pero ella no hacía más que forcejear y patalear.

—Lo siguiente que recuerdo— continuó con la voz temblorosa— fue despertarme y sentirlo sobre mí, dentro de mí. Intenté empujarlo pero estaba atada. Volteé para todos lados, buscando algo con qué defenderme y las vi… Vi las jeringas llenas de sangre. Grité y pataleé tan fuerte que él se quitó de encima. Vi mi brazo, el que no estaba amarrado y supe… supe que la sangre era mía.

—Traté de tranquilizarla pero no me escuchaba. Busqué la llave para soltarla, pero no la encontré. Intenté hablarle y saber qué estaba pasando pero ella sólo gritaba, lloraba y me pedía que la soltara, que no le diría nada a nadie.

—Llamaron a la puerta.

—Llamaron a la puerta.

—Gracias por tu declaración, Pamela, no te preocupes, yo mismo me encargaré de que ese pervertido vaya a la cárcel— dijo el Oficial Sánchez mientras le abría la puerta a Pamela.

Ella se levantó y al salir de la puerta sintió la mano del oficial recorrer toda su espalda.

—Quién tuviera tu suerte, cabrón.— dijo irónicamente el oficial Pérez, sin quitar la mirada juiciosa.— En fin, tienes derecho a un abogado y bla, bla, bla... aunque ya te estaré viendo en el penal.

Al salir del motel, escoltada por el oficial Sánchez, ella se había quitado la sudadera, la camisa entreabierta dejaba ver parte de sus senos. El pelo largo adornaba nuevamente su espalda.

— ¿Tendrá un cigarro, oficial?— preguntó ella con voz juguetona.

—Pensé que no fumabas, Pamela— respondió el oficial sin poder dejar de ver el escote.

—Creo que se ha confundido de persona, oficial... Sánchez. Mi nombre es Lucy— respondió ella mientras se desabotonada un poco más la blusa. —Y, dígame, oficial. ¿Le gustan los juegos?

Hombre común

Héctor se paró temprano, sin ánimos. Era el día de su aniversario.

Su esposa, Maribel, ya se había levantado. Seguramente estaba preparando el desayuno para los niños. Como cualquier otro día, se bañó, se vistió y fue a la cocina por un café. Como suponía, Maribel peleaba para que los niños se levantaran a poner la mesa.

Se dieron los buenos días obligados, sin siquiera mirarse. Hacía un par de años, él había dejado de sorprenderla y ella había cambiado la tristeza y el enojo por la indiferencia.

—Ahora vuelvo— dijo Héctor con el mismo tono de los buenos días mientras tomaba las llaves de la camioneta, sabiendo que Maribel había perdido el interés o la curiosidad sobre lo que su marido hacía o dejaba de hacer. Hacía tiempo le había dejado de preguntar qué hacía en su estudio después del trabajo, por las horas de llegada y por sus salidas. Era un buen padre, un buen ciudadano que pagaba las cuentas, respetaba las reglas de tránsito entre otras cosas, y él sabía que con eso le bastaba.

Héctor subió a la camioneta sin mirar atrás. Sabía que Maribel ya no lo despedía en la puerta con un beso o una sonrisa, y mucho menos para decirle «te amo». Ya no la buscó por el retrovisor y sólo se fijó en el camino mientras sintonizaba alguna estación de radio en donde no hubiera anuncios. Como cada año, manejó sin un destino en mente.

Atravesó la ciudad. Casi sin darse cuenta estaba lejos del ruido, de la civilización, del smog. Empezaba la carretera que cruzaba por el lago en donde le había hecho el amor por primera vez a su esposa. Ese camino siempre le había gustado: un pequeño oasis en medio del gran disturbio citadino. A lo lejos, una figura, una silueta rompía con el paisaje que recordaba: una jovencita con una canasta caminaba al lado de la carretera.

Fue frenando hasta llegar a ella: una niña de unos doce años cargando una canasta de flores y frutas sobre su hombro.

—¿A dónde vas, pequeña? —preguntó Héctor después de bajar por completo la ventanilla.

La niña siguió caminando.

—Voy hacia el lago —continuó Héctor, mientras la seguía con la camioneta—. Si quieres te puedo acercar.

La niña se detuvo un instante, analizándolo a él y a su camioneta mientras el aire jugaba con su cabello.

—Tranquila— siguió Héctor—, no te voy a hacer nada. Mira, estos son mis hijos: él es Mauricio, tiene seis años; ella es Mariel, tiene ocho; y ella es mi esposa. Hoy es nuestro aniversario —dijo Héctor mientras le enseñaba la foto de su cartera.

Esto pareció disipar las dudas de la niña, quien, con reservas, aceptó subirse a la camioneta de ese desconocido.

—¿Cómo te llamas, pequeña? —preguntó Héctor, mirándola

de reojo.

—Yatzil —respondió la niña con un murmullo.

Héctor continuó manejando, tratando de concentrarse en el camino, en el paisaje, pero no podía dejar de ver de reojo a Yatzil, sus piernas morenas que la falda colorida no cubría, su pecho, que apenas empezaba a notarse por debajo de la blusa bordada. De pronto se sintió hechizado, como alguna vez le había ocurrido con Maribel. No, esto era diferente. Más fuerte. La inocencia atrapada en un cuerpo que pedía ser de mujer lo estaba llamando a gritos. El calor de la entrepierna empezaba a molestarlo.

Ni las montañas, ni el aire, ni siquiera la música lo hacían pensar en otra cosa que no fueran esos ojos negros que lo seducían, en esos montecitos ocultos bajo la tela, en los muslos escondidos bajo la falda. Su miembro empezaba a rozar contra la ropa. Se movió incómodo en el asiento.

Recordó los videos, a las niñas, los jadeos, los gritos. Las imágenes volvieron a su memoria. No aguantó más: volvió a estacionarse sobre el acotamiento y bajó corriendo de la camioneta, diciéndole a la niña que algo estaba mal con el vehículo. Esperaba que ella no hubiera notado el bulto en su pantalón.

Había llegado al lago, pero el destino carecía de importancia. Necesitaba aire, necesitaba controlarse, pero las palpitaciones debajo de su pantalón parecían no ceder.

Llamó a Yatzil para que contemplara la vista en lo que él "reparaba" el coche, y ella, sin saber bien qué hacer, obedeció.

«Yo no lo hago, yo sólo veo» se repetía Héctor, mientras intentaba controlarse, pero no le ayudaba ver ahí a esa niña, parada frente al lago, dejándose envolver entre el viento mientras éste jugaba con su pelo, levantaba su falda y pegaba su blusa marcando la silueta casi infantil.

—Yatzil, ven un momento, pequeña, necesito que me ayudes con algo— dijo Héctor, tratando de ocultar la excitación en su voz.

Ella obedeció de nuevo. Cuando la tuvo frente a él,

trató de acariciarle el pelo y la cara, pero ella se hizo hacia atrás. Intentó correr, pero Héctor la sujetó por el brazo. Entre empujones, patadas y gritos, Héctor la metió en la parte trasera de la camioneta. Él se dejó caer sobre ella. Inhaló su pelo, su sudor, la blusa, esos pequeños pechitos vírgenes. Metió la mano entre las piernas, acariciando sobre los calzones. Se sintió húmedo, excitado, ansioso. Sentir la inocencia entre sus dedos era algo que Maribel nunca le había podido dar.

Se bajó los pants y los bóxers. Sin mucho esfuerzo rompió la ropa de Yatzil, quien no dejaba de gritar, de pelear, de llorar. Mordió sus pechos. Acarició un poco las piernas, la vagina inmadura antes de penetrarla un par de veces. En algún momento los gritos infantiles se dejaron de escuchar. Yatzil había perdido la conciencia.

Héctor se acomodó el pants, se pasó las manos por la cabeza a modo de cepillo, y arrojó el cuerpo inconsciente de la niña junto con la canasta a la calle, no sin antes robar una mandarina, y después de pelarla, llevársela a la boca, morderla recordando el cuerpo, el pechito de Yatzil, sintiendo el jugo correr por su boca, como si fuera el sudor de aquella niña. Se limpió la boca con la mano y, antes de volver a la camioneta, tomó un ramo de flores para Maribel y dos mandarinas más para sus hijos. A su princesa le encantaban. Camino de vuelta, con el aire sobre la cara y el paisaje despejado, lamentó únicamente no tener algún recuerdo o haberlo grabado.

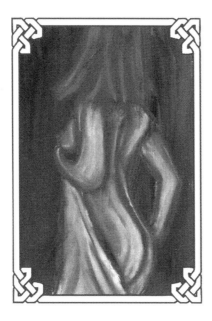

La sobrina del barbero

—Ahora vuelvo —dijo Don Chemo antes de tomar su sombrero y abrigo. Salió sin alcanzar a escuchar el «no vuelvas borracho» que gritó su esposa desde el cuarto.

Desde que Laura, la sobrina del barbero, había ido al pueblo de vacaciones, las salidas de Don Chemo se habían vuelto casi rutina. El viento, a punto de volarle el sombrero, lo despejaba de las imágenes que le quitaban el sueño y le hacían hervir la sangre: Laura vestida con la faldita gris tableada, Laura con la blusa escotada que dejaba entrever el sostén, Laura lamiéndose los labios, Laura pasando su mano sobre su muslo, Laura acercando su busto para cortarle el pelo, Laura sonriendo, Laura gimiendo… Laura, Laura, Laura… ¡cómo la deseaba! Cómo deseaba ver qué había detrás del escote, detrás del bamboleo de sus faldas, y, si tenía tantita suerte, tener ese pecho firme, juvenil y tal vez virgen entre sus manos temblorosas, viejas y callosas.

El viento sopló más fuerte. Pensó en regresar a casa con su mujer y rogar por no murmurar aquél nombre prohibido en la oscuridad. Imaginó a su esposa llorando inconsolablemente, preguntando, reclamando a Dios por qué le había mandado a ese marido desgraciado si ella era tan buena. No, no podía. El riesgo de ser escuchado era demasiado. Sería mejor amainar los deseos aunque sintiera que el viento o lo mandaba al hospital o lo mataba. Continuó con la caminata, sus pies lo guiaron hasta la barbería, lugar que para él se había vuelto un recinto de deseos. Se quedó de pie frente al cristal, recordando las manos suaves y delicadas de Laura sobre su cuello, lo cerca que estaba de poder tocar sus piernas, su pecho, sus nalgas... Las ganas de poseerla volvieron con más fuerza. Empujó la puerta y para su sorpresa esta cedió, seguramente al viejo barbero se le había olvidado cerrar antes de ir a la cantina como acostumbraba cada viernes, o simplemente confiaba en que su sobrina no saldría.

Entró con pequeños pasos inseguros que se detuvieron frente a esas escaleras conocidas, casi viejas amigas que ahora se presentaban ante él imponentes y misteriosas. Las subió con curiosidad, con miedo, con la certeza de que por primera vez no encontraría a su viejo amigo en calzones. Tal vez la vería a ella, su musa, su amante dormida. Tal vez tendría alguna de esas pijamas que usan ahora las muchachas, de esas que más que tapar provocan. Tal vez podría admirar mejor la firmeza de su pecho, sus piernas pálidas… Tal vez podría acariciarla, apenas un toque, un roce.

La puerta del departamento también estaba abierta. Empujó sin mucho esfuerzo. «Viejo descuidado» pensó al ver el departamento iluminado. «Con una muchacha tan linda y este viejo descuidado deja todo abierto como pa' que cualquiera se la lleve» siguió pensando Don Chemo mientras recorría aquel pasillo de memoria. Los ruidos provenientes del cuarto interrumpieron sus pensamientos. Caminó casi hipnotizado por los ruidos hasta llegar a la habitación. Se detuvo ante la puerta por unos segundos, tal vez sopesando la idea de regresar o tratando de imaginar qué encontraría detrás de ésta. La empujó cautelosamente y la vio. La vio entre los brazos de alguien más. Su pelo castaño caía descuidadamente sobre sus hombros, su espalda. Sus caderas se movían de adelante hacia atrás, de arriba hacia abajo con energía, mientras jadeaba. Él se quedó de pie, escondido detrás de la puerta, sintiendo cómo ese miembro de su cuerpo, útil únicamente para orinar, empezaba a palpitar entre sus pantalones. Quería acercarse más, mirarla de frente, poder ser el espectador de su cuello, de sus labios despintados, de su pecho endurecido y de su vagina húmeda y excitada.

Ella bajó el ritmo. Don Chemo empezó a sudar. Ella se paró por algo. Él sintió que le iba a dar un infarto: por un instante, tan sólo por una fracción de segundo, logró ver más allá de la blusa, más allá del sostén.

Ella continuó y el sillón volvió a rechinar. Él se masturbó al ritmo de sus caderas. Ella se dejó caer. Él se manchó el pantalón.

Don Chemo regresó a su casa. El viento, que momentos antes había odiado, ahora le parecía refrescante.

Se metió en la cama sin poder dormir, sin poder dejar de evocar en su mente las imágenes de Laura: Laura blanca, Laura sudando, Laura gimiendo. «Tal vez mañana no deba aparecer por ahí», pensó mientras la recordaba temblando, sudando, gimiendo en brazos de alguien más, alguien que no era él. La excitación volvió a su cuerpo, y apenado miró a su esposa, pensando en alguna excusa para su estado. Ella roncaba y por un segundo la odió. ¿Cómo podía dormir así, tan tranquila mientras él estaba sufriendo? ¿Cómo era posible que aquella mujer que ahora dormía a su lado, con la que llevaba tanto tiempo casado hubiera sido incapaz de acercarse tan siquiera al placer de aquella noche?

Ignorando la decisión nocturna de no pisar la barbería, y siguiendo su nueva tradición, a la mañana siguiente, Don Chemo volvió a su recinto de deseos.

Laura lo recibió con la misma coquetería de siempre,

cómo si él no se hubiera escondido detrás de la puerta, como si anoche no hubiera pasado nada, como si todo lo hubiese soñado. Tal vez eso es lo que había pasado, tal vez sólo había sido un sueño adolescente.

—¿Y qué tal el calor anoche? —preguntó ella, tal vez para romper el silencio que él había provocado.

Don Chemo la desvistió con la mirada desde las pantorrillas hasta los muslos, rememorando la carne que ahora la tela cubría.

Él se quedó callado y ella volvió a sonreír.

—¿Vio alguna buena película? —volvió a insistir Laura mientras pegaba su cuerpo un poco más contra él. La rasuradora de su mano terminó en el piso, a un lado de la silla. Ella se agachó y la falda subió casi hasta su nalga frente a los ojos de Don Chemo.

Mientras Laura levantaba la rasuradora, él pensó en meterle mano. Tocar esos muslos firmes y duros, sentir el temblor entre sus dedos, pero no lo hizo. Se conformó con mirar cómo ese trasero iba en descenso y ascenso lentamente, casi con movimientos estudiados.

Otros clientes llegaron. En cuanto estuvo listo, Laura le sacudió el poco pelo que tenía sobre la ropa y él le pagó con la cortesía y la amabilidad de siempre. En vez de regresar a su casa, en donde su esposa estaba lista para recibirlo con los elogios tradicionales, caminó hasta la plaza y tomó asiento en la mejor banca que encontró.

¿Qué diría el barbero si se llegaba a enterar? Seguro le contaría al mecánico, el mecánico al doctor, el doctor a su señora, su señora a Doña Isabel, Doña Isabel a Doña Gertrudis, Doña Gertrudis a su comadre y así hasta oídos de su esposa y... Era mejor no pensar en eso. En su defensa, él no la había tocado, no lo podían acusar tan sólo por mirar, ¿o sí? ¿Por qué no le había metido mano? Esa misma mañana pudo haberla tenido entre sus viejas y temblorosas manos, pudo arrebatarle la blusa y poder admirar de lleno su pecho firme, tocarlo, acariciarle el cuello, los labios, hacerle mil cosas que jamás le había hecho a su esposa, pero él se había limitado a mirar.

Le había gustado mirar. Esconderse entre las sombras y mirar cómo se dejaba penetrar, cómo se entregaba a otro. Cómo ella gemía por culpa de alguien más. Le había gustado ser el espectador. Esa noche había sentido una excitación y un placer que su esposa no había sido capaz de darle y la volvió a odiar.

¿Qué pensarían en el pueblo si se enteraran? ¿Qué diría su esposa? Seguro lo tacharían de enfermo, de hijo del diablo, como a aquellos muchachitos cuando Doña Gertrudis los vio besándose en algún rincón.

Y, sin embargo, él no había hecho nada. No había engañado a su mujer, no había roto el lazo sagrado del matrimonio y seguiría sin romperlo: no deseaba a Laura, no deseaba tenerla entre sus piernas. Los deseos de tocarla, de penetrarla ya no existían. En su lugar lo estaban matando las ganas de volver a verla desnuda, sudando, jadeando, moviéndose para placer de otro. Deseaba volver a sentir el éxtasis de masturbarse viéndola, dejándose guiar por sus exclamaciones, deseaba volver a sentir ese placer que jamás nadie le podría quitar. Un placer que pensó en repetir al darse cuenta de la nota escondida en su pantalón: viernes, 10 PM. Ahora no hagas tanto ruido. Laura.

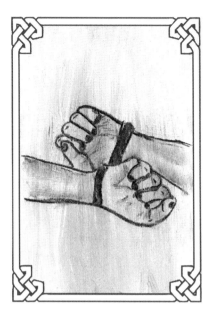

Sabor amargo

Tengo calor y no puedo controlar el miedo ni el temblor. No cuando siento todo su cuerpo sobre el mío. Su peso me aplasta, me asfixia. No puedo moverme: las cuerdas empiezan a marcarme las muñecas. La piel me arde, las piernas me duelen y él sigue dentro de mí.

«¡Para ya!» le grito, pero la mordaza negra dentro de mi boca lo traduce como sonidos ininteligibles. Él, con la respiración caliente y excitada pegada a mi oído, no lo escucha. No le importa.

Los golpes de la cama contra la pared llevan su propio ritmo. Creo que las sábanas, la cama y la pared han tomado vida propia, pero no, es mentira, es él: siguen su ritmo, siguen sus gemidos, sus embestidas y yo no puedo detenerlo. ¿Me habrá desgarrado? Espero que no.

Algo en mí ha muerto. ¿Podré sobrevivir a esto? Lloro: solo un par de gotas resbalan por mi piel, un par de gotas que se pierden, se mezclan, se funden en el sudor de los cuerpos desnudos.

«Será divertido» le dije. «Hay que ponerle sabor a la relación». Lo siento. No saben cuánto lo siento. Mis palabras, el recuerdo de ellas son un eco ensordecedor. Cumplió con la expectativa: el sabor a monotonía y aburrimiento ya no existe. Ahora sólo tengo el sentimiento, el sabor a sepulcro y tristeza. Un sabor amargo me invade, me tortura, mientras él, con el sabor a lujuria y excitación termina dentro de mí.

Se aferra una vez más a mi espalda, con el sudor del placer. Siente el temblor de mi cuerpo, mi llanto ahogado. Se levanta. Me mira feliz, extasiado. Siento su beso en la frente. Quiero vomitar, desaparecer, sólo ya no quiero estar y él me mira, me sigue mirando, pero no se da cuenta de las muñecas dañadas, de la boca seca y cansada, del miedo, del asco.

«Gracias, linda, esto es lo que necesitábamos» dice mientras seca mi sudor, mis lágrimas, mi amor, con una caricia amarga.

Mi madre tenía razón

Bajo la corriente de agua caliente, que furiosa amenazaba con arrebatarme el traje de baño de dos piezas, me aferré a él como si fuera una roca.

Fue fácil al sentir las manos de Daniel sobre mi cintura, mi cadera. Daniel me cargó con más facilidad de la que creía. Mi respiración se empezó a acelerar, pero por el miedo y el sentido común traté de separarme de él.

En vano traté de regresar con los demás turistas. Antes de siquiera dar la primera brazada, volví a sentir las manos de Daniel rodeándome en medio de aquella oscuridad húmeda. Sus labios recorriendo mi espalda, mi cuello, bastaron para dejarlo bajar de mi cintura a la cadera, de la cadera a las ingles, de las ingles a los muslos. Para dejarlo acariciar, jugar con mi clítoris, mientras la otra mano apresaba uno de mis senos.

Miré rápidamente alrededor. Las pocas linternas acuáticas no bastaban para alumbrar aquellas grutas laberínticas. Me restregué contra él, buscando su miembro duro bajo aquel traje de baño naranja fluorescente que tanto odiaba. El agua caliente, salvaje y fúrica contribuyó a arrebatarnos la poca tela que nos cubría.

Me gustó sentirme ligera y liviana, prohibida en medio de miradas ciegas. Sentir sus manos camuflajeadas con el agua revoloteando por toda la piel. El calor de la oscuridad mientras nuestros cuerpos se aferraban con fuerza entre sí.

La excitación y el placer vinieron acompañados del miedo y la vergüenza. Aunque no recuerdo haberlo dicho nunca en voz alta, siempre critiqué a aquellas personas, sobre todo a las mujeres, que se dejaban manosear por sus parejas en la calle, se me hacía una falta de respeto. Y ahí estábamos, él penetrándome casi salvajemente, mientras yo me aferraba con todas las fuerzas que tenía a ese placer nuevo, excitante, prohibido.

Mi madre, a fin de cuentas, había tenido razón. Lo único que necesitábamos era ese viaje en lugar de malgastar dinero y tiempo en algún charlatán que sólo nos dictaría lo que teníamos que hacer y cómo hacerlo.

En aquella cueva oscura, en medio del clímax silvestre, sentí cómo nos redescubríamos. Daniel parecía tan excitado como yo. Me besaba, me acariciaba, me embestía con la emoción de una primera vez. Su miembro duro me penetraba diferente, con más fuerza, con más profundidad que nunca. Eso era justamente lo que durante todo ese tiempo habíamos necesitado. Redescubrirnos. Si algo que había condenado por años ahora me daba un placer inimaginable, quién sabe qué otros juegos, fantasías, me harían sentir algo mínimamente parecido.

Pensé que durante todo ese tiempo Daniel lo sabía o lo sospechaba, y ahora que estábamos al punto del abismo, había decidido actuar. Ya no quedaba nada que perder. En definitiva, si él no me hubiera arrastrado ahí para arrancarme el traje de baño, tan sólo sería una turista más siguiendo al rebaño.

Daniel, sin perder el ritmo de la penetración, volvió a jugar con mi vulva. La corriente de agua estallaba contra las paredes de la cueva. Yo gritaba, el eco del agua sonaba por toda la cueva. Hacía mucho que esa energía orgásmica no se apoderaba de mi cuerpo. Quería terminar. Estaba por llegar. Lo sentía en mis piernas, en el pecho, en el vientre, estaba a punto de terminar... Una luz reflejando nuestras caras nos interrumpió.

Un grupo de salvavidas, junto con otros chismosos, nos miraban escandalosamente, burlonamente, juiciosamente. Una señora le tapaba los ojos a su hijo, pero todo el placer se desvaneció en una fracción de segundo al ver a Daniel, en medio de la multitud, con la mirada destrozada.

«¡Santo Dios! ¿Cuántos trajes de baño naranja puede haber?» pensé mientras volteaba a ver, espantada, a aquel hombre al que me había entregado con tanta facilidad y placer.

A final de cuentas, mi madre se había equivocado. Después de todo, Daniel sí necesitaría acudir con algún charlatán y por eso estamos aquí.

—Y díganos, doc, ¿qué opina?

Leonora Zea

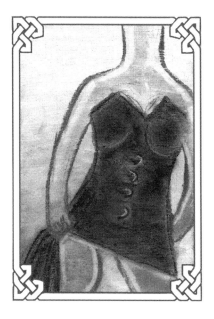

Aniversario

«Mujerzuela» «Arrastrada» «¿Qué le hiciste a mi hijo?»

Cada lágrima que Alison derramaba era un vívido recuerdo de la voz de aquella mujer tan odiosa a la que había tenido que soportar por un año. «Si tan sólo tuviera otra madre…» era la queja que decía entre amigas.

Y, sin embargo, aquellas palabras eran las que menos dolían. El verdadero dolor venía de la falta de entendimiento. Por más que repasaba una y otra vez los hechos en su mente, no podía llegar a una conclusión. La mirada llena de odio de su suegra, si aún le podía llamar así, era el final perfecto para aquel drama.

—Aly…

Una voz femenina interrumpió sus pensamientos. Sin reconocer la voz, Alison se trató de secar las lágrimas lo más que pudo antes de voltear a ver quién invadía la soledad de su cuarto. Al averiguarlo, el enojo, el odio y el desconcierto invadieron sus pupilas.

—Aly, sé que no hemos sido exactamente las mejores amigas, pero necesito que hablemos —dijo Montserrat ignorando la mirada y sentándose en la cama junto a ella.

—¿Tienes que pasarle un informe a tu madre?— respondió Alison a la defensiva.

—No. Estoy aquí porque necesito saber qué pasó. Édgar está mal y sé que mi madre no hizo ningún bien en tratarte de ese modo, pero, por favor, necesito saber qué pasó —continuó Montserrat mientras le sujetaba cariñosamente la mano.

—No se lo he contado a nadie —murmuró Alison mientras volvía a secarse los ojos. ¿Segura que quieres saber? —preguntó Alison un poco sonrojada.

—Segura —respondió Montserrat tratando de no mostrar la incomodidad en su voz—. Además todos somos adultos, ¿no?

Alison tomó aire.

—Íbamos a cumplir un año, para desgracia de tu madre. Y quería regalarle algo especial, algo que pudiera permanecer en su memoria. Tenía todo planeado. Tenía que ser perfecto. Especial.

»Meses atrás había apartado un cuarto. Las velas y la tela roja sobre las lámparas daban una iluminación especial, sensual a la habitación. Casi como lo había imaginado. Alacié mi pelo, me perfumé, mis labios eran rojos. Me puse el vestido de látex negro que entallaba mis caderas, realzaba el pecho y cubría apenas lo necesario. Practiqué un par de veces cómo mover el látigo. Me gustó cómo me sentí en él, fuerte, sexy, sensual, deseada… Cuando me lo puse junto con los tacones negros y los guantes que hacían juego, pensé, imaginé que, viéndome así, Édgar no podría resistirse a mí.

»Revisé la batería del teléfono y la lista de canciones que había creado para Édgar. Me aseguré de saber dónde dejaba la llave de las esposas. Suspirando y tratando de contener los nervios, me revisé en el espejo una última vez. Era la primera vez que hacía algo así y no quería estropear nada. El reloj seguía avanzando. Sabía que él no tardaría en llegar. La vela para masaje había empezado a derretirse y la emoción y el miedo me invadían cada vez más.

»Él llegaría un poco confundido después de haber descifrado las coordenadas del hotel. Las luces iban a estar apagadas y yo escondida. Cuando estuviera distraído, lo iba a sorprender. Después de ordenarle que se desnudara, le colocaría las esposas con las manos en la espalda, le pondría los audífonos y le vendaría los ojos. Así no podría tocar, ver ni oír.

»A continuación le pasaría lentamente un cubo de hielo con la boca por todo el cuerpo sin tocar su… Bueno, ya sabes. Después de unos segundos, le pasaría la cera de la vela y la frotaría por todo su cuerpo, acercándome lentamente y sin que se diera cuenta le besaría, mordería aquellos puntos que lo hacen gemir.

»Cuando estuviera lo suficientemente excitado, empezaría de abajo hacia arriba, jugando, acariciando, presionando su miembro duro y cuando me suplicara que lo soltara, que lo dejara ver y tocar, empezaría con la lengua.

»Primero besos tiernos, después lamidas… y así hasta tenerlo en mi boca. Y en el momento de mayor éxtasis, antes de que terminara, le quitaría los audífonos, después la venda y hasta el final las esposas.

»Repasé todo el plan en mi mente una y otra vez. El ambiente, el maquillaje, la música, el traje… Todo era perfecto. El teléfono sonó. Me avisaron que acababa de entrar.

»Las velas iluminaban la habitación, mi respiración era fuerte y acelerada. Temí empezar a sudar de más y arruinarlo todo. Escuché la puerta abrirse con cuidado. Él se detuvo en medio del cuarto, justamente como estaba planeado.

»Salí de mi escondite y con el látigo azotando el aire, le ordené que se quitara la ropa. En cuanto agité el látigo, su cara, su mirada, todo su cuerpo se transformó, pero no estaba ni sorprendido ni feliz, parecía absorto en sus propios pensamientos, pensé que el verme así por primera vez había sido demasiado, pero seguí intentándolo.

»Se lo volví a ordenar pero esta vez agité el látigo más fuerte y más cerca de él. Me obedeció confundido. Siguiendo mi plan, le cubrí los ojos. Él empezó a sudar, a respirar agitadamente. Estaba muy confundida... Ninguna de sus reacciones eran las que esperaba que tuviera, y pensé que, si seguía jugando, él lo disfrutaría, así que le ordené juguetonamente que me siguiera el juego, pero cada vez parecía más ¿espantado?

»Fue cuando le intenté poner las esposas que él, no sé cómo decirlo... Es como si él no fuera él. Dejó de ser esa persona amable, cariñosa y comprensible de la que me enamoré. En ese instante, el beso en la frente antes de dormir, el chocolate para sacarme una sonrisa y los mensajes de «buenos días, amor, que tengas un lindo día» desaparecieron por completo.

»Él era esta versión aterradora de sí mismo. Se arrancó el antifaz con brusquedad, me empujó contra la pared con tanta fuerza que por primera vez sentí... Sentí miedo de él.

»Nunca entendí por qué las mujeres maltratadas les suplicaban el perdón a sus golpeadores, y en ese momento, creo que lo entendí. Entre el miedo y la confusión, tenía la esperanza de que él se hubiera dado cuenta del daño que me había hecho, así que me paré del piso y me acerqué a él, pero en cuanto lo intenté abrazar...

Montserrat le acarició la espalda, mientras intentaba esconder la angustia en su rostro. Quiso decirle algo, pero prefirió callar.

—En cuanto lo intenté abrazar —continuó Alison mientras trataba de respirar profundamente secándose las lágrimas— me sujetó con fuerza brusca y me miró de un modo espectral, como si no me reconociera. Me empezó a gritar de cosas hasta que llorando le pedí que parara, le grité que me estaba lastimando, que iba a llamar a seguridad.

»Creo que en ese momento tomó conciencia de sí mismo, miró sus manos sobre mis brazos y me soltó, pero sus gritos aumentaron de volumen, de intensidad, al igual que los insultos. Llegaron los de seguridad. En cuanto dije que todo estaba bien, Edgar salió del cuarto, sin decir nada.

»Tomé mi abrigo y, sin cambiarme ni enjuagarme la cara, salí del hotel, tratando de pensar qué había hecho mal, qué había hecho para hacerlo enojar tanto. Y lo peor es que me enojé conmigo misma por sentirme así de culpable cuando él es el que debería de sentirse una mierda... Tanto que me había esforzado por hacerlo feliz, por darle algo para recordar y él lo odió... Me odió.

»Ese día tu hermano se esfumó. Nada de llamadas, nada de mensajes. Empecé a pensar en cosas como si de verdad valía la pena aguantar a tu madre por él... Si de verdad me había enamorado de la persona correcta.

»Pensé que en algún momento él aparecería para disculparse, pero sólo obtuve silencio. Pensé en mandarle mensajes o llamarle, pero me niego a ser de esas mujeres que piden perdón después del primer golpe.

»Llamaron a la puerta. Pensé que era Édgar, pero era tu madre. Empezó a gritarme cosas, como si fuera una cualquiera, como si yo le hubiera hecho algo a Édgar. Me levanté las mangas para enseñarle los moretones, pero se negó a verlos. La corrí de la casa antes de que siguiera insultándome.

—Ay, Aly. Hay algo que tienes que saber —dijo Montserrat bajando la voz—. No es que justifique lo que te hizo, pero es importante que lo sepas, para que entiendas. Cuando Édgar tenía cinco años, mi mamá lo llevó al súper mientras yo estaba en casa de mi abuela jugando con mis muñecas. Recuerdo que mi mamá llegó escoltada por policías. Los años le pasaron por encima en cuestión de minutos. Un oficial se acercó a jugar conmigo, y empezó a hacer preguntas sobre personas raras... Sólo hicieron falta un par de segundos para que Édgar despareciera. No volvimos a verlo en meses. No voy a entrar en detalles, pero cuando los policías lo encontraron, estaba atado a una cama con los ojos vendados.

—T-te —. A Alison se le quebró la voz—... T-te juro que no sabía.

—No es tu culpa —replicó Monserrat, mientras jugaba con el pelo de Alison—. Pensamos que lo había olvidado, nunca hablamos sobre eso.

El silencio se hizo presente en la habitación. Las palabras sobraban. Alison dejó derramar una última lágrima que Montserrat secó delicadamente con su mano.

—Además, lo que no daría por verte así —dijo Montserrat antes de salir corriendo del cuarto, antes de besarla, antes de percatarse del deseo prohibido que se le acababa de escapar.

Alison, de nuevo en la soledad de su cuarto, sonrió. Ahora lo entendía todo. No había sido el traje equivocado, sino el hermano equivocado.

Svadhistana o el segundo Chakra

El anaranjado predominaba en la habitación. Rosita había insistido mucho para que le consiguieran unas sábanas de aquel color a pesar de las miradas curiosas de los enfermeros. El olor a cítricos impregnaba la habitación, mientras las velas a juego con lo demás daban un agradable calor al cuarto.

Alfonso, como siempre, llegó en punto de las ocho al cuarto de Rosita. Vestía de traje y en las manos temblorosas llevaba una rosa roja para su hermosa. Ella, vestida sólo con un camisón, lo recibió con un tierno beso en la boca.

Alfonso, acostumbrado a ciertas excentricidades de Rosa, no se extrañó por la ambientación romántica del cuarto. Le gustaba que fuera así, excéntrica, curiosa, divertida, tan diferente a Amanda…

La noche, acompañada por una botella de vino

clandestina, pasó rápido entre viejos y nuevos recuerdos. No hablaron de enfermedades ni de muerte. Él no habló de Amanda, ni ella de Ricardo. Esa noche, Rosita había decidido que sólo sería para ellos.

Se besaron como dos niños. Las caricias, el calor y los besos fueron aumentando, dejándose envolver entre sábanas y velas. Ya sin ropa, entre temblores y arrugas, Rosita pasó sus manos por aquél cuerpo frágil hasta que Alfonso, con delicadeza, le detuvo la mano.

—Lo siento, Rosita —dijo Alfonso con la voz temblorosa—. Tengo que tomarme mis pastillas, las blancas del corazón.

—Ay, mi arrugadito— dijo Rosa mientras le acariciaba una mejilla—. ¿Hasta cuándo seguirás mintiendo?

—No es mentira, Rosita. Necesito las pastillas, ésas que me dio mi hijo, el doctor. Son para el corazón.
Rosa, sin dejar de acariciarlo, sonrió con picardía.

—Mira, arrugadito, yo sé muy bien que ya el cuerpo pasa factura. Ya no tenemos veinte años y sé que, a veces, pues el cuerpo necesita una ayudadita, pero no hay de qué avergonzarnos.

Alfonso, incómodo, no sabía hacia dónde dirigir aquella mirada cansada.

—Te quiero proponer algo —continuó Rosa—. Es algo que Sofía estaba viendo el otro día en su aparato ése cuando vino mi hija a visitarme. Es algo que se llama chakra.

—Suena a brujería —respondió Alfonso entre risas, mientras le acariciaba el pelo espumoso.

—Es muy sencillo, y con eso ya no necesitarás tus pastillas.

—Pero te digo que…

—Y si no te sientes cómodo, pues te vuelves a tomar tus pastillas y quedó. Ándale, tú échate, que yo ya te digo qué hacer.

Y sin más protestas, Alfonso obedeció. Sabía de antemano que no podría contra ella, contra su testarudez que lo había enamorado tan sólo en un par de meses. Rosita le empezó a pasar las manos a unos milímetros de la piel, mientras murmuraba algún canto interior. Alfonso disfrutaba de aquel ligero calor, se sentía bien.

Rosita se puso boca arriba. Alfonso recorrió su cuerpo como ella se lo pidió, y al llegar al vientre, Rosita le pidió que se detuviera ahí. Las pieles se tocaron. La energía, el calor y la excitación empezaron a fluir entre los besos y las caricias.

Con el calor de las velas recorriendo en las venas y en la sangre, Alfonso se sentó con las piernas cruzadas y Rosita en medio de él. Se fundieron en uno solo. Alfonso empezó a sentir cómo las piernas se le iban tensando, y la humedad y la dureza se iban apoderando poco a poco de su miembro, y con la desesperación de un recién casado en la noche de bodas se moría por entrar en ella, pero Rosa, dejándose llevar por primera vez en mucho tiempo por el ansia, la seducción y el placer que sentía, le pidió aguantar un poco más.

Rosa guió las manos de su amigo, de su compañero, de su amante hasta aquel punto escondido que la hizo temblar.

El calor aumentó. Rosa empezó a endurecer los músculos, a arquear los pies y, antes de sentir el cuerpo tan tenso que le costaría trabajo respirar, se dejó tomar. Ya sin indicaciones, ni guiones, dejó que Alfonso la amara a su manera, abrazándola tan fuerte como él quisiera. Cerró los ojos sabiendo, sintiendo que pronto volvería a sentir la muerte pequeña, esa muerte que no sentía desde antes de la muerte de Ricardo, ésa que tanto había extrañado.

Alfonso, entre jadeos y sudor cerró los ojos.

«Ay, Dios mío. ¿Y ahora qué le digo a los enfermeros?» pensó Rosa al volver de su dulce muerte y notar, que en efecto, Alfonso no había necesitado de la pastilla azul, sino de la blanca.

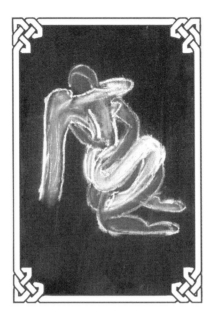

Ay, Carlos

No, Carlos. No entres a la casa. Espera un poco. Sólo una sábana nos cubre. Aún no dejes el maletín en la sala. Espera un poco. Él sigue encima de mí. Dentro de mí.

No, Carlos. No empieces a subir las escaleras. Mejor vuelve a tu trabajo, ese que es tan importante para ti. No quieres verme, no quieres ver a tu trofeo empapada en sudor.

No, Carlos. No gires la perilla, que mis senos siguen duros por sus besos, sus mordidas, sus caricias. Todavía no irrumpas en el cuarto. Vuelve por las escaleras, y si dejamos algo de ropa tirada, sólo ignórala, como haces con todo lo demás.

No, Carlos. No mires cómo me embiste, no oigas sus gemidos graves ahogados en la almohada. No mires cómo me aferro a él con los ojos cerrados. No veas cómo me hace el amor, así como tú nunca supiste.

No, Carlos. No me ignores, aún no terminamos y quiero hacerlo.

Ay, Carlos. Entraste al cuarto cuando no debías y por primera vez en mucho tiempo, volviste a mirarme.

En la mañana te pregunté si te acordabas de nuestro primer beso y no respondiste. No te preocupes, Carlos. Tampoco recuerdo qué loción usas. Antes me encantaba abrazarte, ponerme tu sudadera y oler a ti.

No, Carlos. No te estoy reclamando, él supo mi nombre apenas unas horas antes.

«Voy por unos cigarros», es lo único que sale de tu boca, con el mismo tono con el que me dices «te amo» y cruzas la puerta.

No te preocupes, Carlos. No nos venimos. No es que no lo hayamos intentando, pero después de tu aparición, no pudimos. Me vestí tan rápido como él me desvistió. Él hizo lo mismo y después se fue.

Ay, Carlos. No pensé que volverías. Imaginé que mandarías a algún pasante por tus cosas o para que me corriera. Volviste. Te acomodaste en la cama sin cambiar las sábanas que aún olían a nosotros, no a ti y a mí. A mí y a él. Parecía no importarte. Antes de dormir me besaste en la frente. Un beso que me ardió toda la noche, un beso que dolió tanto que hubiera preferido que me gritaras o me corrieras.

En la mañana te levantaste a preparar café, como si nada hubiera pasado. Te alcancé en la cocina y me miraste como la primera vez que amanecí ahí: traía puesta tu camisa azul favorita y ahora repites lo mismo que me dijiste esa mañana.

— No, Carlos, gracias a ti.

Indice

Prólogo   7
Metrofilia   11
Nancy en la noche   17
XXX.com   21
Susurros   27
Hombre común   35
La sobrina del barbero   39
Sabor amargo   45
Mi madre tenía razón   47
Aniversario   51
Svadhistana o el segundo Chakra   57
Ay, Carlos   61

Made in the USA
Columbia, SC
06 October 2022

68371003R00037